tredition®
www.tredition.de

AF290550

Tina Wendel

Mama, ich will weg von Dir!

Kann ich mein eigenes Kind jetzt noch lieben?

© 2015 Tina Wendel

Verlag: tredition GmbH, Hamburg

ISBN
Paperback: 978-3-7323-5359-0
Hardcover: 978-3-7323-5360-6
e-Book: 978-3-7323-5361-3

Printed in Germany

Gewidmet meinen beiden phantastischen Töchtern.

Ich liebe Euch beide!

Eure Mama

Jetzt schreib ich ein Buch! Vielleicht hilft es…. – das war mein Gedanke, nachdem ich mich irgendwann nach Monaten etwas beruhigt hatte. Beruhigt? Kann man das als Mutter – als liebende, eigentlich mehr gluckende Mutter? Als Mutter, die alles anders machen wollte als die eigene? Anders als die Menschen, die es sich erlaubten, sich Eltern zu nennen? Wie sehr kann man sein eigenes Kind „versauen" (sorry) – so dass es doch viele Fehler macht bei den eigenen Kindern?

Dabei wollte ich doch nur alles richtig machen. Wollte meinen eigenen Weg gehen. Wollte einen Mann finden, der mich liebt. Mit dem ich eine grosse Familie habe. Ganz viele kleine Mäuse. Den Mann hatte ich einmal gefunden. Wir liebten uns. Erlebten viele Sachen gemeinsam das erste Mal. Seine Familie war eigentlich meine richtige Familie. Das erste Weihnachten zu erleben, so wie es überall geschrieben stand. Mit Christstollen, Weihnachtsmusik, Ruhe und feines Essen. Das erste Mal Liebe empfinden. Ich war aufgefangen. Fühlte mich so etwas von wohl in meiner Haut. Wäre ich eine Katze, wäre ich damals den ganzen Tag schnurrend durch die Gegend gelaufen.

Nach drei Jahren kam dann der Megaschock. Er trennt sich unter Tränen von mir. Hat sich in seine Betreuerin - er war als Zivildienstleistender unterwegs - verliebt. Ein Schlag in den Nacken. Wow – auf einmal war alles vorbei. Alles sinnlos. Ich hatte vorher eine grössere Wohnung gemietet, die wir ja nach seiner Ausbildung gemeinsam bewohnen wollten. Jede Nacht, die er dort verbracht hat, war wie der Himmel auf Erden. Auf einmal sollte alles vorbei sein? Ich fiel in ein tiefes Loch, aus dem ich bis heute nicht richtig rauskrabbeln konnte. Nie wieder konnte ich derart lieben und vertrauen. Nie wieder hatte ich eine Familie. Ich war wie in Trance. Das Leben war zu Ende. Ich verschenkte meine Pferde und alles was dazu gehörte. Ich verlor meinen Job, weil ich einfach nicht mehr arbeiten konnte. Jeder Versuch, mich abzulenken, scheiterte. Ich war mit meinen Gedanken immer nur bei ihm. Er gründete schnell eine Familie und kam ganz von seinem Weg ab. Nun, vielleicht war es auch nicht sein Weg, sondern der seines Vaters.

Was mein Erzeuger zur Trennung sagte? „Gut. Jetzt bist Du endlich wieder mein Schatz!". Wow....Was habe ich erwartet? Tröstende Worte? In den Arm nehmen? Warum sollten sie das machen? Sie konnten die ganze Zeit keine richtigen Eltern sein - warum sollten sie also wie welche reagieren? Warum sollten sie mich stärken oder unterstützen? Warum sollten sie mich jetzt mein Leben leben lassen?

Selbst nach dem Tod meiner Mutter will sie noch über mein Leben bestimmen. Verdammt – ich bin jetzt 45 Jahre alt! Ich habe meinen eigenen Tisch unter den ich meine Füsse stelle. Ich muss nicht mehr fragen – merkt Euch das!

Ich schreibe ein Buch – aber wo fange ich an? In meiner Kindheit? Moment mal – wo ist meine Kindheit? Was ist Kindheit? Was habe ich als Kind gemacht? Ich weiss es nicht mehr....! Klar, da sind einige Punkte an die ich mich erinnere. Meine Kindheit....das ist mein geliebter, leider viel zu früh verstorbener Opa. Ein Kerl wie ein Baum. Er hat im Krieg ein Bein verloren – aber trotzdem arbeitete er hart für sein Geld. Mein Opa – ja daran erinnere ich mich. Aber da muss doch mehr gewesen sein. Wie war das im Kindergarten? Wie waren meine Geburtstage? Weihnachten – Familienfeiern – warum erinnere Ich mich nicht? Warum sagen mir Fotos nichts?

Vielleicht sollte ich versuchen, meine sogenannten Eltern zu beschreiben.

Da gab es die Frau die mich geboren hat. Nennt man eigentlich Mutter. Mir fällt das schwer. Die Strapazen meiner Geburt bekam ich mindestens 3 mal pro Jahr aufs Butterbrot geschmiert. Wie schwierig und schmerzhaft das war und dass sie dabei fast gestorben ist und dass mein Erzeuger stockbesoffen war und und und……

Aber wo war der Satz: „Das war der schönste Moment meines Lebens als Du blutverschmiert auf meinem Bauch lagst!"

Zumindest hatte ich 2 mal diesen wunderbaren Moment. Natürlich war die Geburt schmerzhaft – auch bei mir. Aber man hat doch in diesem Moment, wo dieses warme Geschöpf aus einem rausschlüpft, da hat man doch alles vergessen. Man nimmt dieses wahrhaft blutverschmierte Geschöpf und drückt es ganz zaghaft an sich. Trotz aller Flüssigkeiten drum herum. Alles egal.

Das ist mein Baby! Das ist ein Teil von mir! Ihm schenke ich meine ganze Liebe. Das ist doch das was zählt.

Nicht wie lange der Arzt da war – nicht wie betrunken der Erzeuger war – nicht wie viele Schmerzen man hatte. Das will ein Kind nicht hören. Finde ich zumindest aus meiner Sicht.

Dann war da noch dieser Mann der mich gezeugt hat. Wenn ich an ihn denke – habe ich keine guten Gedanken. Seitdem ich in meiner eigenen Mutter-Kind-Kur gute psychologische Gespräche hatte, kann ich ihn auch nicht mehr umarmen.

Nur notgedrungen fahre ich jetzt ab und zu ins Pflegeheim.

Erinnerungen an meine Kindheit? Ein regelmässig betrunkener, pöbelnder, sich nicht benehmen könnender Mensch. Eine Frau mit andauernd schlechter Laune.

Und das waren meine Eltern?

Nichts habe ich mitbekommen wie man mit seinen Kindern umgeht Aber ich wollte es unbedingt anders und besser machen. Nur wie macht man es besser?

Alles was ich gemacht habe, war schlecht in den Augen der „Eltern". Immer musste ich kämpfen, nur um etwas so zu machen, wie es normal ist. Kindergeburtstage gross feiern mit Ballons, Torten, Sahne, Schokolade, vielen anderen Kindern, laute Musik. Wie ging das?

Ich musste es lernen. Alleine! Denn ich war immer alleine. Aber ich wollte es ja auch alleine schaffen. Ich wollte immer stark sein und für meine Familie sorgen.

Und jetzt? Ich bin nicht mehr stark. Ich bin schwach, angreifbar, verletzt, seelisch krank, mein Magen streikt und mein Körper will nicht mehr. Aber ich muss es weiter schaffen. Ich habe noch einen kleinen Engel, für den ich da sein muss. Ich darf nicht aufgeben nur weil es Menschen gibt denen, das gefallen würde.

Immer wieder steht man vor der Situation. Immer wieder muss ich mich für mein Handeln rechtfertigen. Aber wieso? Wer hat das Recht dazu? Ich bin alleine mit meinen Kindern. Ich gehe arbeiten und erhalte keinerlei Sozialhilfe oder ähnliches. Ich habe wenig Geld, aber es reicht. Wir kommen aus. Wir können nicht in den Urlaub fahren und ich kaufe Kleidung bei ebay. Aber warum nicht?

Wir essen keine verdorbenen Sachen, ich gehe nicht zur Tafel oder hole die Kleidung aus dem Kleidercontainer. Wir sind glücklich mit einem Nutella Toast am Abend. Wir haben immer genug zu Essen. Und ich leiste mir sogar eine Wochenendhütte. Ok, ohne die Hilfe eines guten Freundes hätte ich die niemals renovieren können. Aber wenn wir am Wochenende dort sitzen, Würstchen auf dem Grill oder Toast zum Frühstück - dann sind wir glücklich.

Viele mögen verurteilen, dass ich meine Kinder zur Tagesmutter gebe um arbeiten zu können. Aber es ging nicht anders. Es hat mir das Herz zerrissen, meine 8 Wochen alte Tochter morgens abzugeben und erst nachmittags wieder zu sehen. Aber das Geld liegt nun einmal nicht auf der Strasse. Es muss verdient werden. Ich habe viel verpasst in der Zeit. Aber ich habe auch versucht, die Zeit, die wir dann gemeinsam hatten, mit Liebe zu füllen. Und eigentlich habe ich auch gedacht, ich hätte das geschafft.

Ich möchte einfach nur geliebt werden. Dass mich einfach mal jemand in den Arm nimmt und festhält. Mich morgens wachküsst und abends den Arm um mich legt und mich fragt: „Wie war Dein Tag mein Schatz?" Mehr will ich doch nicht.

Kann man lieben, wenn man keine Liebe bekommt? Immer nur Liebe geben? Dann ist der Tank irgendwann leer….Mittlerweile ist er leer. Mittlerweile will ich gar nicht mehr von ihm in den Arm genommen werden. Ich weiss, dass er es sowie so nicht ernst meint.

Liebe ich deshalb meinen kleinen Engel so sehr? Weil sie mich öfter in den Arm nimmt? Bin ich auf die Liebe meines Kindes angewiesen um weiter leben zu können? Eine schwierige Frage und eine grosse Bürde für mein Kind. Aber anscheinend ist es leider so. Ich brauche meine kleine Maus wie die Luft zum atmen. Wegen ihr harre ich aus. Wegen ihr nehme ich viele Sachen in Kauf. Früher hätte ich meine Koffer gepackt und wäre gegangen. Weg - einfach nur weg.

Er würde mir noch nicht mal fehlen. Ich freue mich mittlerweile über jeden Tag, den ich alleine bin. Dann kann ich wieder Freude haben. Darf lachen, ohne dass jemand direkt wieder sagt… wer viel lacht muss auch viel weinen….Lieber alleine sein, aber glücklich. Neulich hatte ich ein tolles Gespräch mit meiner Friseurin. Die hatte das gleiche Problem wie ich. Keine richtige Beziehung mehr. Arbeiten, essen, fernsehen… und das war es? Wie ist es soweit gekommen?

Ich liebte meinen Freund über alles...?...(hat sich mittlerweile sehr abgeflaut dieses Gefühl, aber dazu später mehr). Obwohl er ein Eisklotz ist. Warum? Wahrscheinlich weil ich, wenn er bei mir ist, das Gefühl habe, dass niemand mir etwas antun kann. So dachte ich damals.....

Aber ich bin mehr alleine als mit ihm zusammen. Ich lebe in einem anderen Land als er. Wir sehen uns jetzt regelmässig alle 2 Wochen. Aber nur, weil ich in ein Land gezogen bin, wo ich nie hin wollte. In ein Haus, in dem ich vor Angst nachts nicht schlafen kann. In dem es Mäuse und Ratten gibt und unmögliche Menschen nachts rumschreien und vor meinem Haus Drogen konsumieren.

Nein nein – ich lebe nicht in irgendwelchen Slums. Ich lebe in London – in einem guten Stadtteil von London. Horrende Mieten für Müllhäuser. Das Beste sind die Nachbarn – freundlich und leise. Nur die Menschen, die es sich nicht leisten können dort zu wohnen, das sind die Menschen, die mir Angst machen. Denn sie schleichen durch die Strassen, pöbeln Leute an, schmeissen Flaschen durch die Gegend. Und die Polizei ist zu langsam. Man müsste die ganze Gegend einzäunen und nur für Anwohner begehbar machen. Dann würde es gehen.

London – schlechtes Essen, schlechte Manieren, alles zu teuer. Und warum bin ich dann da? Nur der Liebe wegen! Und wie wird es mir gedankt? Ich sehe meinen Freund jetzt alle 14 Tage! WOW. Ist das die Art Beziehung die ich mir gewünscht habe? Nein - sicher nicht. Ich wollte eine Familie, einen liebenden Mann, eine schöne Wohnung. Einfach eine Insel zum relaxen. Einen Ruhepol!

Was habe ich? Einen Freund, der mich nicht heiraten will. Der mich selten küsst und noch seltener in den Arm nimmt. Sex? Als ich ihn kennengelernt habe und wir uns das erste Mal getroffen haben – da habe ich gedacht: JA und nochmal JA! Das ist er – der Mann auf den du gewartet hast. Die ersten Nächte waren toll und ich wollte mehr davon. Aber was ist jetzt? Nichts mehr – jeder befriedigt sich selbst und schaut dem anderen dabei zu. Na ja – besser als gar nix.....Mittlerweile ist gar nix besser. Und mittlerweile will ich auch gar nicht mehr. Was ich möchte sind getrennte Schlafzimmer. Sein Schnarchen nervt. Sein langes Schlafen nervt. Alles nervt nur noch. Und manche Beziehungen funktionieren ja wieder, nachdem man die Schlafzimmer getrennt wurden.

Was ich nicht brauche und was mich immer sehr verletzt sind seine Geschichten von früher – wie toll die Frauen waren und das er ja immer noch Kontakt hat und er immer wieder hinfahren könnte. Super. Das ist genau das, was ich hören will. Dass er jederzeit eine Ersatzfrau hätte. Aber ob die wirklich auf jemanden wartet, bei dem sie sich selber befriedigen muss? Oder ist er da anders.

Hat er wirklich Sex mit anderen Frauen? Also richtigen Sex? Warum dann nicht mit mir? Denkt er vielleicht ich will ihm ein Kind anhängen? Hat er Angst ich sei krank? Ist er vielleicht krank und hat Angst mich anzustecken? Hat er sich bei seinen ganzen Frauengeschichten mit AIDS infiziert? All das muss ich mich fragen. Nun weiss ich, dass er sich nicht mit HIV infiziert hat.

Ich bin nicht hässlich – ok 10 kg müssten runter – aber er hat mich so kennengelernt. Ich kaufe mir immer schicke Sachen um für ihn attraktiv zu sein – und er meckert weil ich so viel Geld ausgebe. Ich würde alles für diesen Mann machen – weil ich ihn liebe. Aber in wie weit ist das gut für mich? Ich weiss, dass ich ohne ihn nicht leben kann. Bin ich ihm hörig? Jede Minute, die er nicht bei mir ist, vermisse ich ihn ohne Ende. Wenn ich ihn am Flughafen abhole, schlägt mein Herz so laut, dass ich denke, jeder muss es hören. Ich mache mich extra schick, von sexy will ich gar nicht reden. Und dann kommt er aus der Tür raus. Freude, Tränen? Nein - kalte Dusche. Ein kleiner trockener Kuss. Schnell erledigen. Und dann direkt weitergehen. Ab in die Bahn. Ich sitze, er steht drei Bänke weiter weg. Keine Umarmung – kein „schön siehst du aus – schön dass du da bist – ich habe dich vermisst". Und trotzdem bin ich froh, dass er da ist. Was ist das? Liebe? Sieht so Liebe aus?

Dann geht es nach Hause – er verschwindet im Büro – wir gehen irgendwann ins Bett. Der eine dreht sich nach links, der andere nach rechts. Und schon geht der Wecker – die Nacht ist vorbei - ohne Liebe.

Aber – immer höre ich wie toll seine Nächte waren. Wie viele Frauen er hatte und an welchen Orten er angeblich überall Sex hatte. Ich will das auch. Er ist keine Sexbombe und kein wilder Latino. Trotzdem will ich, dass er so ist wie damals. Wie auf dem Parkplatz. Da, wo ich mich verliebt habe in dieses Monster.

Aber egal. Ich liebe diesen Mann – basta. Und ich werde ihn immer lieben. Irgendwie.

Aus Liebe zu ihm habe ich mich unter anderem auch für ihn und gegen meine Tochter entschieden. Aber das war nur ein Grund. Und meine grosse Tochter ist auch der Grund für dieses Buch. Meine Erstgeborene – ein wahres Wunschkind. Mei Wunschkind. Ja, ich habe die Pille abgesetzt um dieses Kind zu bekommen. Ich fand ich sei alt genug. Kein Mann der mich heiraten will. Aber ein Kind möchte ich jetzt haben. Und es war eine gute Entscheidung. Ich möchte nie auf sie verzichten, auch wenn es zwischendurch sehr schwierig mit ihr war. Und ich musste ja sowieso alles alleine schaffen. Und sie war so wunderbar. So hübsch mit ihren Locken. Ein so liebes Kind.

Ich habe ihren Vater verlassen, als sie 6 Monate alt war. Ich habe damals in Österreich gelebt. Er konnte sich einfach nicht ändern. Sein Sport – in dem er mehr oder weniger erfolgreich war – war wichtiger als alles andere. Immer trainieren, trainieren, trainieren. Bei Bedarf dann ab und zu mal mit der kleinen Tochter angeben. Dann wieder trainieren. Kein Geld nach Hause bringen. Auf meine Kosten in meiner Wohnung leben. Das Beste war sein Spruch als ich mit dem Kind aus dem Krankenhaus nach Hause kam. Mal abgesehen davon, dass meine Wohnung aussah wie eine Müllhalde. Ich war noch keine 15 Minuten in der Wohnung und habe die Kleine versorgt, da kam der Spruch: „Bekomme ich jetzt nichts mehr zu Essen weil das Kind da ist? Wann kochst Du für mich?"

OK – das habe ich eine Zeit lang mitgemacht. Man sagt ja immer – der Kinder wegen – das Kind muss einen Vater haben etc. Aber dann habe ich ihn rausgeschmissen. Basta.

Ich muss ihm allerdings zugute halten, dass er immer Kindesunterhalt gezahlt hat – zwar immer nur den Mindestsatz – aber er hat gezahlt. Danke im Nachhinein dafür. Aber der Mindestsatz war gemessen an seinem wahren Gehalt immer zu wenig. Wenn man derart viel Geld an der Steuer vorbei verdient, sollte man auch entsprechend zahlen. Ich habe ja auch mein Leben umgestellt. Ok, ich habe mir das Kind auch gewünscht. Deshalb habe ich auch nie etwas gegen ihn unternommen. Habe mich mit dem zufrieden gegeben, was gekommen ist.

Ich bin dann auf Wunsch meiner Erzeuger wieder zurück nach Deutschland. Nach meinem Erziehungsurlaub habe ich sofort halbtags gearbeitet. Alles hat gut geklappt. Ich bin klargekommen.

Wir hatten nie viel Geld – aber es hat gereicht und wir waren glücklich – meine Erstgeborene und ich.

Irgendwann fühlte ich mich wieder bereit für eine neue Liebe, lernte den zweiten Chaoten kennen und wurde nach 3 Jahren Beziehung schwanger. Diesmal trotz Pille. Sie war kein Wunschkind. Ab jetzt ist sie eines. Als ich es ihm freudestrahlend erzählte……….stand er auf und ging – war einfach weg. Ja, man kann sagen, ich habe eine glückliche Hand für Männer……Später hat er vor Gericht ausgesagt, er würde mich gar nicht kennen und hätte nie mit mir geschlafen. Der Richter hat nur gelächelt und ihm das Ergebnis des Vaterschaftstestes mitgeteilt – 99,99999999% erwiesene Vaterschaft!

Bis heute – die Kleine ist mittlerweile 10 Jahre alt – habe ich nicht einen Cent Unterhalt bekommen von ihm. Er hat sie erst einmal gesehen als sie 5 Jahre alt war – und nur weil ich auf ihren Wunsch hin mit ihr zu ihm gefahren bin. Danach hat er mir nur noch mit seinen Kollegen gedroht – seitdem habe ich Angst wenn ein Motorrad vor dem Haus hält. Aber ich gehe gegen ihn vor. Das Inkassounternehmen ist eingeschaltet und sollte das nicht helfen, werde ich persönlich vorsprechen.

Er hat so ein tolles Kind gar nicht verdient. Sie ist meine Sonne.

Nun lernte ich dann letztendlich meinen jetzigen Partner, wie soll es sonst sein, über das Internet kennen. Mittlerweile sind wir seit sechs Jahren mehr oder weniger zusammen.

Vor ca. 3 Jahren dann der Schock. Etwas, was man als Mutter nie erleben möchte. Mein Wagen, bzw. seine Leihgabe, war gerade zum Totalschaden erklärt worden. Auf einmal schellt es an meiner Tür. Ich mache nichts ahnend auf.

„Guten Tag. Ich komme vom Kinderschutzbund. Es geht um Ihre Tochter (die Grosse). Sie hat sich an uns gewandt. Haben Sie einen Moment Zeit?“

Wow – Kinderschutzbund? Was wollen die von mir? Was habe ich falsch gemacht? Tausend Gedanken schwirren einem durch den Kopf. Nie in meinem Leben hatte ich Kontakt zum Kinderschutzbund oder so was. Was soll das?

Ok, wir gehen hoch und sie fängt an zu reden. Mit jedem Satz von ihr verliert mein Gesicht an Fassung. Ich bin entsetzt, heule, stehe kurz vor einem Herzinfarkt. Mache ich gleich in die Hose vor Angst? Höre ich auf zu atmen? Wo ist Luft? Ich brauche Luft! Wieso hält mich keiner. Wo ist der Arm, der mich auffängt? Wieso ist da ein Loch im Boden?

All das ging in mir vor. Aber ich musste ruhig bleiben. Durfte nicht losschreien. Nicht gegen die Wand schlagen oder Teller aus dem Schrank reissen.

Meine Grosse hat sich über die Schule an den Kinderschutzbund gewandt. Sie würde sich nicht mehr mit mir verstehen, ich würde nur schreien, wir hätten nie Geld. Sie will nicht mehr bei mir leben. Und als ob das noch nicht genug wäre – mein Freund hätte sie missbraucht!!!!!

Ruhe - Stille - schwarzes Licht. So etwas gibt es doch nur im Fernsehen. Bei schlechten Nachmittagssendungen. Aber doch nicht bei mir. Bei mir - wo ich mein Leben für meine Kinder gelebt habe. Habe alles für sie getan. Wahrte mich derzeit im Glück.

Zu dem Zeitpunkt hatte mein Freund gerade schwere gesundheitliche Probleme. Der hatte ganz andere Sorgen. Und die gesundheitlichen Probleme hat er immer noch. Das nur vorab.

Man sagte mir dann. Es sei schon alles geregelt. Meine Tochter sollte gar nicht mehr bei mir schlafen, sondern bei einer Bekannten, mit deren Tochter sie in eine Klasse ging. Und diese Bekannte war nach 20 Jahren auf einmal lesbisch geworden und lebte mit „etwas" zusammen.

Aber wer hat mit mir geredet? Hat die Schule mich informiert? Hat man mich angesprochen? Nein - direkt Kinderschutzbund. Ohne die Mutter. Fremde Menschen kümmern sich. Vorher so tun als wären sie meine Freundinnen. Und dann so etwas.

Meine Tochter kam dann während des Gespräches von der Schule nach Hause als wenn nichts wäre. Dabei wusste sie, dass jemand da war. Sie wusste es, weil sie alles hinter meinem Rücken verabredet haben. Die Schule, das lesbische Paar, meine Tochter, ihre Freundin, die Dame vom Kinderschutzbund.

Nur weil der Vater dieser tollen Freundin an dem Tag ins Krankenhaus kam, wurde daraus nichts und sie blieb bei mir. Ob das gut oder schlecht war? Ich weiss es nicht. Ich weiss nur, dass ich wie in Trance war. Irgendwie war noch alles wie vorher. Mutter, beide Kinder, alles da. Aber bald sollte es nicht mehr so sein. Bald sollte mir ein Stück herausgerissen werden.

Nun muss ich sagen, dass die Dame vom Kinderschutzbund die Situation Gott sei Dank sofort richtig eingeschätzt hat. Meine Reaktion auf ihre Vorwürfe hat ihr gezeigt, wer gelogen hat. Sie meinte aber auch, dass meine Tochter und ich jetzt keine gemeinsame Basis mehr finden könnten. Keine gemeinsame Basis? Ich bin die Mutter! Sie ist meine leibliche Tochter! Wieviel Basis kann man mehr haben? Ich liebe meine Kinder.

Wie kann dann jemand Fremdes von fehlender gemeinsamer Basis sprechen. Jemand, der mich nie vorher gesehen hat. Jemand, der mich nicht kennt. Jemand, der nur die Aussagen einer pubertierenden 13 Jährigen kennt. Keine Aussage von mir. Keine Aussage von meinem Partner. Nur die Aussage einer 13 Jährigen und zweier Lesben, die einfach nur sauer waren, dass sie mich nicht umstülpen konnten. Die sauer waren, weil ich einen männlichen Partner hatte. Die mich ändern wollten und es nicht geschafft haben. Die sich immer nur jeweils über die andere bei mir ausheulten. Und mich dann einfach ruinieren wollten. Wollten sie wirklich Frischfleisch? So wie mein Partner bis heute behauptet?

Wie reagiert man als Mutter? Nun, ich wusste nur, ich musste vernünftig reagieren. Erwachsen sein. Aber eigentlich öffnete sich gerade ein grosses schwarzes Loch unter mir. Ich fiel und fiel. So wie in meinen Träumen. Sehr oft hatte ich diesen Traum. Ich fiel irgendwo runter und kam aber nie unten an. Beim Aufwachen wusste ich nicht - bin ich gestorben im Traum? War ich schon tot?

So fühlte ich mich jetzt. Das konnte doch nicht die Wirklichkeit sein. Ich habe doch immer alles gemacht. Ich war immer da. Habe alles aufgegeben. Teilweise sogar mich selber. Ich wusste nicht, kippe ich jetzt um? Bekomme ich noch Luft? Kann ich überhaupt noch atmen? Wieso stehe ich noch? Wo ist das Loch, was sich vor mir öffnen sollte?

Wir vereinbarten, dass meine Tochter zu Ihrem Vater ziehen muss. Ansonsten würde sie mein

Leben und das Leben meiner kleinen Tochter irgendwann zerstören. Sie würde immer wieder etwas erfinden und ich hätte nicht immer Glück, dass jemand die Wahrheit erkennt. Sie lügt, dass sich die Balken biegen, nur um im Vordergrund zu stehen. Sie hat schon einmal gelogen als sie in der Schule erzählt hat, der Vater meiner Kleinen würde im Gefängnis sitzen. Was soll das? Was sollen die Leute denken mit wem ich zusammen bin bzw. war? Ein Knacki und ein Kinderschänder? Wer bin ich denn?

Nun gesagt und getan. Ich habe ihren Vater angerufen und er stimmte sofort zu. Klar, er konnte dann die Unterhaltszahlungen einstellen. Hat er auch sofort nach dem Telefonat. Vier Wochen später holte er sie ab. Also so einfach war das? Ich bin die Mutter und habe mich über 13 Jahre ganz alleine um meine Tochter gekümmert. Niemand war da um mir zu helfen. Niemand hat sich erkundigt, wie ich das wohl alles geregelt bekomme. Arbeiten und zwei Kinder. Alles alleine. Unterhalt nur für ein Kind bekommen. Niemand war da, der gesagt hat, ok, ich helfe Ihnen.

Jetzt sind auf einmal ganz viele Menschen da, die sich anscheinend darum kümmern, wie es meiner Tochter geht. Haben sie sich vorher gekümmert und mir geholfen? Nein! Wildfremde

Menschen erlauben sich ein Urteil über jemanden, den sie nie persönlich kennen gelernt haben. Nur aus Neid und Eifersucht. Wildfremde wie z.B. die Schuldirektorin. Nie zuvor habe ich sie kennengelernt geschweige dass sie meinen Partner auch nur gesehen hat.

Und diese Menschen nehmen mir nun meine Maus weg? Sie soll lieber zu ihrem Vater, der sich nie um sie gekümmert hat, oder in ein Heim? Wer war ich denn? Ich bin eine liebende Mutter. Ich habe nichts gemacht, was meinen Kindern geschadet hat. Und ich würde auch nie im Leben irgendetwas dergleichen machen. Und jeder, und ich meiner JEDER, der meinen Kindern etwas auch nur annähernd antun würde, der würde es nicht überleben. Egal wer es ist. Es sind meine Kinder und niemand wird ihnen weh tun. Hätte ich auch nur irgendeinen begründeten Verdacht, wäre ich mittlerweile wieder Single. Ich hätte nichts mehr zu verlieren und ich wache wie eine Löwin über meine Kinder. Niemand erhebt die Hand oder macht sonst etwas mit meinen Kindern.

Nun überlege ich seit diesem Tag täglich, wie es dazu kommen konnte. Ich muss zugeben, ich habe mich sehr viel um die kleinere Maus gekümmert. Das hatte verschiedene Gründe. Ich hatte damals überlegt, ob ich sie wirklich bekommen soll. War ich nicht alleine schon mit einem Kind überfordert? Die finanzielle Situation war nicht rosig. Wir kamen aus, konnten aber keine grossen Sprünge machen. Aber ich habe mich für das Kind entschieden. Und als ob sie das mitbekommen hätte, strengt sie sich seit ihrer Geburt an, dass man sie lieb hat. Dabei muss sie sich nicht anstrengen.

Sie ist ein Sonnenschein!

Als man mir nach einer ganz normalen Untersuchung bei unserem Kinderarzt mitteilte, dass sie einen angeborenen Herzfehler hat, habe ich mich noch mehr um sie gekümmert. Die Grosse hat ja „funktioniert". Sie hat mich unterstützt wo sie konnte. Sie ist 6 Jahre älter als ihre kleine Schwester, hat aber schon Pflichten übernommen. Einfach so. Nicht weil ich sie darum gebeten habe oder sonst was. Sie war und ist die beste grosse Schwester, die man sich vorstellen kann.

Aber ich habe die Grosse gefühlsmässig vernachlässigt. Das weiss ich jetzt. Damals war ich zu sehr beschäftigt damit, für meine Kinder zu sorgen. Dafür zu sorgen, dass sie täglich genug zu essen hatten. Dass sie ordentlich gekleidet waren. Dass es ihnen an nichts fehlte. Auch wenn das nicht einfach war.

Nachdem ich meinen sehr guten Job verloren hatte, lebten wir von Hartz IV. Kein Problem. Auch das haben wir gemeinsam gemeistert. Es gab mehrmals die Woche Spaghetti und Suppe. Brot kannten wir nur noch in Form von Toast. Getränke gab es nur in Form von Leitungswasser. Aber wir waren glücklich. Ich verkaufte immer mehr von meiner Kleidung, um auch mal etwas Besonderes auf den Tisch zu bringen. Ausreichend Wurstaufschnitt am Wochenende oder Fleisch, statt Würstchen auf dem Grill. Das Geld, was reinkam, wurde direkt ausgegeben für die Kinder. Ich dacht, es fehlte ihnen an nichts.

Aber in der Pubertät benötigt man anscheinend doch mehr. Markenkleidung, besondere Ausstattung für die Schule etc. Nun war mein Freund da, der, wenn er uns besuchte, all das ermöglicht hat. Wir hatten auf einmal etwas Besonderes auf dem Tisch. Sogar Wein und Sekt gab es für die Erwachsenen. Wir sind auf einmal in den Urlaub gefahren. Schön essen gegangen, wenn er da war. Die Kinder fühlten sich wohl und ich war der festen Überzeugung, sie freuen sich beide für mich. Ich war glücklich. Sollte ich mich so sehr

getäuscht haben? War das ganze Lachen nur
gespielt?

Nun, warum habe ich meinen Job und damit
meine Selbständigkeit verloren? Das war, wie ich
nach sechs Jahren herausgefunden habe, ein
geplantes Spiel. Alles war von meinem Freund
eingefädelt worden, damit ich nicht mehr selbständig bin und mein eigenes Geld habe. Ich
habe in einem kleinen Unternehmen gearbeitet.
Mir wurde alles ermöglicht. Wenn ich mit den Kindern irgendein Problem hatte, war es keine
grosse Sache. Ich musste noch nicht einmal fragen. Wenn ein Anruf von der Schule kam, durfte
ich gehen und mich kümmern. Als ich mit meiner
zweiten Tochter schwanger war, war es kein
Problem. Die übliche Mutterschutzzeit habe ich
eingehalten. Dann wieder sofort gearbeitet. Kinder bei der Tagesmutter. Alles geregelt. Ich hatte
mein eigenes Geld und war selbständig.

Nun, ohne Job, war ich besser beeinflussbar.
Besser steuerbar. Ich war hilfesuchend nach einem Jahr Hartz IV. Und ich war liebobodürftig.
Beides zusammen – die perfekte Kombination
um jemanden zu lenken. Habe ich mich in die fal-
sche Richtung lenken lassen? Ich, die immer
selbständig war? Ich bedaure zutiefst, dass ich

den Job aufgegeben habe. Man hat mir gekündigt, obwohl ich mir nie etwas zuschulden habe kommen lassen. Ausser, dass ich einen Freund hatte. Und das passte meinem Chef anscheinend nicht. Ich habe meine Arbeit erledigt. Nichts ist liegen geblieben. Kein Kunde hat sich beschwert. Ich habe meine Arbeit erledigt. Das einzige was anders war ist, dass ich auf einmal einen festen Freund hatte. Und der hatte, zumindest damals, auch noch Geld und Einfluss.

Hartz IV war eine schlimme Zeit. Man fühlt sich wie der letzte Mensch, wenn man von einem miesgelaunten Beamten abgefertigt wird. Nie wieder würde ich diesen Service in Anspruch nehmen. Lieber putzen oder anschaffen. Sorry, aber alles ist besser als Hartz IV. Mittlerweile habe ich einen anderen Weg eingeschlagen, um wieder selbständig zu sein. Ich muss wieder mein eigenes Geld verdienen und ich werde es schaffen. Es ist viel Arbeit, aber jeder, der den Schritt in die Selbständigkeit gewagt hat, der weiss wie schwierig es ist.

Ich dachte immer die Grosse zieht sich wegen der Pubertät zurück. Ich war ja als Kind selber so. Wollte immer alleine sein, meine Ruhe haben. Nach der Schule heim kommen, Hausarbeiten erledigen, Ruhe. Nur ich allein. Eine Einzelgängerin. Aber egal wie meine Eltern waren, ich hätte nie etwas Negatives gegen sie eingeleitet.

Langsam fing es dann an, dass die Grosse in der Schule schlechter wurde. Ok – auch das habe ich akzeptiert. Sie musste keine super guten Noten nach Hause bringen. Ich habe das nie von ihr verlangt.

Das einzige was ich wollte, war, dass sie immer ehrlich zu mir ist. Aber dann hat sie angefangen zu lügen. Angeblich hatte sie keine Hausaufgaben auf, musste nicht für die Schule lernen etc. Ich habe dann trotz fehlendem Geld Nachhilfeunterricht gebucht. Dort sagte man mir dann, dass sie das eigentlich nicht nötig hat. Sie wäre nicht „dumm" – nur faul.

Als ich meinen jetzigen Freund kennenlernte, fand sie das ganz toll. Seine uneheliche Tochter war so etwas wie eine Schwester für sie. Da die beiden fast gleich alt waren, funktionierte das prima. Wir fuhren auf einmal in den Urlaub, gingen in tolle Restaurants und machten Sachen, die wir uns nie hätten leisten können. Ausflüge nach London – all das hat sie toll gefunden. Sie hatte meinen Freund gern. Umarmte ihn wann es nur ging. Suchte seine Nähe.

Er ging aber dann extra auf Abstand, damit seine Tochter nicht eifersüchtig wurde. Da gab es wohl aus einer vorherigen Beziehung Probleme.

Alles lief prima – dachten wir.

Irgendwann hat sie wohl gedacht – der nimmt mir meine Mama weg. So ein Quatsch. Niemals kann jemand einem die Mama wegnehmen. Wir waren eine Einheit – meine Kinder und ich. Das Trio vom Berg. Wir haben zusammengehalten – Tütensuppe und Nudeln gegessen – und waren glücklich.

Dachte ich.

Als ich meinen Freund damals anrief – nach dem Gespräch mit der Dame vom Kinderschutzbund – war er mehr als geschockt. Immer wieder haben wir zurücküberlegt. Aber wir haben nichts falsch gemacht.

Die Zeit, die meine Tochter angegeben hat, wo er sie missbraucht haben soll, das war in den Ferien. Da war seine Tochter noch da. Alle Kinder haben gemeinsam im Gästezimmer geschlafen und ich habe sie jeden Abend ins Bett gebracht und allen eine Geschichte vorgelesen.

Mittlerweile weiss ich, dass er zu dieser Zeit eine ganz schlechte persönliche Nachricht bekommen hat. Deshalb lag er die meiste Zeit krank in unserem Bett und konnte sich kaum rühren. Der Grund: inoperabler Hirntumor. Niemand missbraucht nach so einer Diagnose ein Kind. Und schon mal gar nicht, wenn die eigene Tochter daneben liegt. Und wie schon gesagt, die Gelegenheit dazu gab es niemals.

Es konnte also nicht sein. Und es durfte einfach nicht sein. Nicht er, der Mann, bei dem ich mich so sehr geborgen fühlte. Nicht er, der Mann, bei dem ich mich sicher fühlte. Ich glaubte ihm – und nicht ihr! Und bis heute hoffe ich, dass das kein Fehler war. Sie hat mir gegenüber jetzt zugegeben, dass niemals etwas passiert wäre und dass sie sich bei meinem Freund für alles entschuldigen wolle. Doch bis heute hat sie sich nicht entschuldigt bei ihm. Nur bei mir. Sie ist mittlerweile fast 18 Jahre alt und wie ein Psychologe einmal öffentlich geäussert hat: Mit 18 fängt das Gehirn langsam wieder an zu arbeiten. Bei ihr ist das tatsächlich so. Und ich bin sehr dankbar dafür. Von mehreren Seiten habe ich jetzt zu hören bekommen, dass ich anscheinend bei der Erziehung alles richtig gemacht habe und meine Tochter ein toller Mensch sei. Ein toller Mensch – ja das ist sie. Hoffentlich schafft sie es nur, sich zu entschuldigen…..

Die vier Wochen bis zum Zeitpunkt wo die Grosse von Ihrem Vater abgeholt wurde – das war schlimm. Extrem schlimm. Das Vertrauen war weg und gleichzeitig war die Trauer extrem gross. Ich wollte und konnte mir einfach nicht vorstellen, dass sie auf einmal weg sein sollte. Gleichzeitig hatte ich immerzu das Gefühl, ich müsste mich rechtfertigen. Aber für was? Was habe ich verbrochen? NICHTS!!!

Und doch habe ich mich schuldig gefühlt. Schuldig, dass ich sie vernachlässigt, nein, weniger geliebt habe. Nein, stimmt auch nicht. Ich habe sie nicht weniger geliebt. Ich war immer stolz auf sie. Aber auf einmal hatte ich Angst, dass sie der Kleinen auch etwas antut oder sie beeinflusst. Genau wie sie beeinflusst wurde. Mein Hass richtete sich mehr und mehr auf die Personen, die sich in etwas eingemischt hatten, was sie nichts anging. Die mir vorgespielt hatten, sie wären meine besten Freundinnen. Eine von Ihnen hat sich regelmässig bei mir ausgeheult.

Wie fanden sie das gut, dass ich endlich einen Partner gefunden hatte. Macht Neid wirklich so schäbig? Ich glaube manchmal, sie wollten sich nur „frisches Blut" ins Nest holen. Die Frau, die selber eine Tochter an deren Vater verloren hat. Warum haben sie meine Tochter dermassen beeinflusst? Meine Grosse konnte nie und kann auch bis jetzt nicht lügen. Jeder, der sie nur ein wenig kennt, weiss genau, ob sie die Wahrheit sagt oder nicht. Also warum haben sie das gemacht?

Kinderschutzbund....Niemals hatte ich damit zu tun. Wieso können Lehrer und Direktorinnen wissen, was in unserer Familie passiert? Ich habe die nie persönlich gesehen. Sie kennen mich gar nicht. Wie können die mich verurteilen und einfach sagen, das geht so nicht mehr. Ihre Tochter kann nicht mehr bei Ihnen bleiben. Warum haben sie nicht erst mit mir gesprochen? Warum haben sie mich nicht angerufen? Mich nicht einmal gefragt?

Nein, sie bestimmen einfach: Ihre Tochter ist missbraucht worden und sie versteht sich absolut nicht mehr mit Ihnen. Da wird sofort der Kinderschutzbund eingeschaltet. Nicht erst die Mutter gefragt oder einfach ein persönliches Gespräch gesucht.

Ich bedanke mich hiermit noch einmal ganz herzlich bei der Dame vom Kinderschutzbund. Nach dem Gespräch hatte sie mehr Sorgen um mich als um meine Tochter. Sie hat nach einigen Tagen noch einmal angerufen, um sich nach meinem Befinden zu erkundigen.

Und dann war er da - einer der schlimmsten Tage in meinem Leben. Der Tag, an dem man mir mein Kind nahm. Nein, das ist ja so nicht richtig. Der Tag, an dem sie weg wollte. Weg von mir. Ihr Vater kam angefahren. Noch nicht einmal diesesmal hat er es alleine geschafft. Nein, er hat sich fahren lassen von Opa. Wahrscheinlich wollte er Benzinkosten sparen. Der Moment, als das Auto vor dem Haus stand….ich weiss nicht, vor Angst hätte ich fast in die Hose gemacht. Das Auto wurde gepackt und dann kam der Moment des Abschieds. Zuerst hat sie sich an ihre kleine Schwester geklammert. Und dann an mich. Immer wieder hat sie gesagt „Ich will nicht Mama!" War das jetzt gespielt? War es echt?

Der Tag, an dem meine Tochter von mir weg ging. Zu ihrem Vater. Einem Mann, dem es vorher sogar zuviel war, 400 km zu seiner Tochter zu fahren. Wörtlich: Ich fahren nicht 400 km nur wegen meiner Tochter!

Und zu diesem Menschen wollte sie nun? Nein. Eigentlich hatte sie das anders geplant. Eigentlich wollte sie ja zu ihrer Freundin ziehen.

Ich öffnete die Tür und wusste, das war es nun. Nun ist sie gleich weg. Weg von mir. Was mache ich dann? Es fehlt doch was. Etwas wichtiges. Mein Fleisch und Blut. Der Abschied war Horror. Auf einmal war ihr bewusst, dass es jetzt soweit ist. Nun sollte sie weg von Mama. Vorher war alles aufregend. Sie stand im Mittelpunkt. War der absolute Star in der Schule. Ein Kind, was angeblich vom Freund der arbeitslosen Mutter missbraucht wurde. Ein Kind, was nun zu ihrem Vater in ein anderes Land sollte. Weg von der Schule. Weg von schlechten Noten. Sie klammerte sich an mir fest und wollte mich nicht loslassen. Aber es musste so sein. Das sagte ich mir immer wieder. Es muss sein.

Ich habe damals falsch reagiert und einen grossen Fehler gemacht. Spätestens da hätte ich sie festhalten sollen. Ich hätte es darauf ankommen lassen sollen, was mein Freund macht. Wenn er mich wirklich geliebt hätte, dann hätte er mich unterstützt. Er hätte die Zeit mit mir durchstehen müssen, das Gespräch suchen. Aber nein, ich habe ihn beschützt und nicht mein Kind. Für diesen Fehler muss ich geradestehen und büssen. Ich habe damit bezahlt, dass ich mein Kind verloren habe. Zumindest zeitweise.....Eine schlimme Zeit.

Als der Wagen vom Hof fuhr, bin ich zusammengebrochen. Trotzdem musste ich meine Kleine ja beruhigen. Ich musste weiter funktionieren. Auf einmal waren wir nur noch zu zweit. Ein Zimmer stand leer.

Wir lenkten uns mit unserem eigenen Umzug ab. Von meiner Grossen kamen nur noch begeisterte Anrufe. Wie toll ihr Vater ist und was alle für sie machen. Was sie alles geschenkt bekommt. Wo sie überall hingeht. Wie oft sie essen geht.

Nun, Hauptsache es geht ihr gut. Doch wie ging es mir? Ich habe mir die Sache schön geredet. Aber sie fehlte mir ohne Ende. Ich habe mich einfach zurück gezogen. Habe immer seltener angerufen. Ich wollte einfach, dass sie sich neu einlebt und mich vergisst. Wo ich doch in ihren Augen eine so schlechte Mutter war.

Und zurück zu uns konnte sie ja sowieso nicht. Mein Freund stellte sich verständlicherweise quer. Für ihn stand ja viel mehr auf dem Spiel als für mich. Wir hatten die ganze Zeit Angst, dass er am Flughafen einfach von der Polizei aufgehalten wird. Wir konnten nie wissen, ob meine Grosse nicht wieder anfängt Lügen zu erzählen.

Ihre Zeit bei ihrem Vater war für mich die Hölle. Er selber hat sie nur ca. drei Wochen bei sich wohnen lassen. Danach hat er sie zu den Grosseltern abgeschoben. Hat nur das Kindergeld kassiert und ihr nichts gegeben. Die Oma hat nicht für sie gekocht und nichts. Sie hatte ein Bett, einen Schrank, zumindest teilweise, und einen kleinen Fernseher. Trotzdem hat sie mir vorgegaukelt, sie sei glücklich und alles sei so toll. Was sie jetzt alles machen durfte usw. Wie fühlte ich mich da? War die Zeit bei mir so schlimm? War jetzt auf einmal alles so toll? Ein Vater, der sich über 10 Jahre nicht gekümmert hat ist auf einmal der Held? Wo war er denn die ganzen Jahre? Hat er sie einmal besucht? Nein.

Ihre Anrufe häuften sich. Es war wohl doch nicht so toll. Endete damit, dass ihr Vater sie geschlagen hat und die Oma sie rausgeschmissen hat. Und ich? Ich sollte auf einmal alles regeln? Ja, natürlich. Denn ich bin die Mama. Und ich bin immer da!

Mein Freund fand das alles nicht so berauschend. Ihm wäre es lieber gewesen, ich hätte sie auf Lebzeiten verstossen. Ich konnte ihn verstehen. Oder auch nicht. Man muss einem Kind doch verzeihen können. Er weiss doch, wie alles entstanden ist. Warum kann er nicht verzeihen? Mir zuliebe! Ich muss doch auch alles verzeihen. Ich muss auch seine Tochter akzeptieren, obwohl mir nicht alles passt. Ich muss akzeptieren, dass ihre Mutter, also seine Ex, sich immer wieder einmischt. Auch in Sachen die mein Kind betreffen.

Aber meine Zeit wird kommen. Jeder bezahlt einmal für das, was er Schlechtes in seinem Leben gemacht hat. Und wer sich zwischen meine Kinder und mir drängt, der hat verloren. Der liebe Gott sieht alles und er hat mir schon geholfen.

Vier Jahre später.......

Nach nun mittlerweile vier Jahren hat sich das Blatt gewendet. Danke lieber Gott!

Sie macht ihre Ausbildung fertig und bekommt jetzt ihre eigene Wohnung. Sie ist ein tolles Mädchen, auch wenn sie sich entschlossen hat, ihr Leben derzeit mit einer Frau zu teilen. Schwierig für mich. Aber es ist ihr Leben und ich möchte nur, dass sie glücklich ist und hoffentlich die Liebe findet, die ich nur einmal in der Vergangenheit erleben durfte. Ihre Freundin ist ein toller Mensch und immer für sie da. So wie ich es bin und immer war. Aber irgendwann werden Mütter eben zur Nebensache. So ist das Leben.

Die Kleine lebt weiterhin bei mir. Ihr Erzeuger kümmert sich weiterhin nicht die Bohne. Doch auch dort werde ich jetzt durchgreifen. Dies ist ein indirekter Aufruf an alle Inkassounternehmen. Sie ist immer noch ein wahrer Sonnenschein und gerade im Moment eine grosse Stütze für mich. Wegen ihr bin ich noch bei meinem Freund. Sie liebt ihn und unseren derzeitigen Wohnort. Hat viele Freunde gefunden und eine neue Sprache gelernt. Ich kann sie hier nicht heraus reissen. Nicht wieder meinen eigenen Weg verfolgen. Dieses Mal muss ich nur an mein Kind denken. Ich werde mich vielleicht beruflich verändern müssen, aber wir werden hier wohnen bleiben.

Mein Freund…..Ich wende mich immer mehr ab. Das hat viele Gründe und hat im Kleinen begonnen. Zum Einen hat er mich finanziell über den Leisten gezogen. Hält sich nicht an das, was besprochen war. Um es deutlich zu sagen, hat er mich um über 100.000 Euro betrogen. Ich bereue zutiefst, dass ich ihm vertraut habe. Aber das macht man doch so, wenn man in einer Beziehung ist. Man vertraut einander.

Doch hier habe ich tief in den Mist gepackt. Ganz tief. Ich habe Stossgebete in den Himmel geschickt….und es hat irgendwie geholfen, auch wenn es wahrscheinlich zu meinem Nachteil wird. Nein, ich werde immer irgendwo aufgefangen und meinen Weg gehen.

Aber er? Er ist mittlerweile pleite. Die Gerichtsvollzieher geben sich die Klinke in die Hand. Und trotzdem erlaubt er sich, eine Arroganz an den Tag zu legen, die seinesgleichen sucht.

Er beleidigt, demütigt und kränkt mich zu jeder Gelegenheit. Angefangen hat es immer im Beisein seiner Tochter. Sie selber hat dann gemerkt, dass da etwas falsch läuft und er mich ungerecht behandelt. Mittlerweile ist es so, dass ich jeden Tag weine. Jeden Tag frage ich mich, warum ich noch hier bin. Ja, wegen meiner Kleinen. Nur deshalb bleibe ich stark.

Ein guter und lieber Freund hat mir geraten durchzuhalten bis meine Kleine mit der Schule fertig ist. Und das werde ich machen. Ich möchte hier nicht wegziehen. Ich werde meine Selbständigkeit ausweiten und hier für uns selber sorgen. Wie sonst auch immer. Ich bin eigentlich alleine, obwohl ich nicht alleine wohne. Nein, ich bin einsamer als je zuvor.

Ich bin eine günstige Angestellte und Putzfrau. Keine Freundin im eigentlichen Sinne. Doch ich werde stärker mit jedem Tag. Und ich werde es ihm zeigen.

Mittlerweile bin ich gezwungener Massen schon wieder umgezogen. Gott sei Dank. Für meine Kleine war es zwar schlimm. Schon wieder Schule und Freunde verlassen. Aber sie hat sich an unserem neuen Wohnort perfekt eingelebt. Neue Schule, neue Freunde, neue Sprache. Und sie macht es prima. Mein ganzer Stolz.

Ich habe in den letzten 12 Monaten 13 kg abgenommen. Absolute Ernährungsumstellung und viel Sport. Ein harter Weg, den ich alleine gehe und verteidigen muss. Jeden Tag muss ich mich rechtfertigen für das was ich esse und warum ich schon wieder Sport treibe. Aber es ist mein Leben. Es geht mir besser und das soll so bleiben.

Und meine Grosse. Nun ja. Mittlerweile nähern wir uns wieder an. Sie hat erkannt, dass Mama wohl doch die Beste ist. Ich habe aber auch darum gekämpft. Es gab Vorfälle mit der Oma und mit dem Vater. Als Mutter sehr schwer, dabei ruhig zu bleiben und nicht auch zuzuschlagen. Nein, nicht meine Tochter. Und bei den anderen mache ich mir die Hände nicht schmutzig.

Sie ging auf meinen Rat hin zum Jugendamt und alles nahm seinen Lauf. Der Vater hat sie geschlagen. Die Oma hat sie im kalten Winter ohne Schuhe und Jacke rausgeschmissen. Beim Jugendamt sind sie mittlerweile als kindeswohlgefährdend bekannt und alles wird auch noch rechtlich verfolgt werden.

Und wie verhält man sich als Mutter? Man ist für sein Kind da. Ich habe mittlerweile wieder das alleinige Sorgerecht. Ihr Vater hat vor Gericht darum gebeten, dass man ihm doch das Sorgerecht entziehen sollte.

Nun, das war, was das Jugendamt und ich erreichen wollten. Alles geht jetzt seinen guten Weg. Meine Grosse hat alles sehr gut gemeistert. Ist selbständig wie wenige Kinder in diesem Alter. Ich bekomme von allen Seiten gesagt, dass ich sehr stolz auf sie sein kann und dass ich bei der Erziehung anscheinend sehr viel richtig gemacht habe. Auch sagte man mir, dass es an ein Wunder grenzt, dass sie alles ohne einen psychischen Schaden überstanden hat und nicht auf der Strasse gelandet ist. Sie raucht und trinkt nicht. Sie nimmt keine Drogen. Sie geht fast gar nicht aus.

Und ich bin stolz! Sie macht ihre Ausbildung fertig und geht dann zurück an den Ort, an dem wir alle gemeinsam glücklich waren. Sie hat mittlerweile eine feste Freundin. Schwierig für mich. Aber die Freundin ist ein toller Mensch und ich bin froh, dass es sie gibt. Sie steht bedingungslos hinter meiner Tochter.

Der Weg ist jetzt klar. Wohnung suchen, Lehre beenden. Und sie wird es schaffen. Sie braucht nur einen Ruhepunkt und ihre Mama. Und ich bin da. Ich liebe sie. Ich liebe meine beiden Kinder über alles.

Für mich ist es weiterhin schwierig. Mein Partner ist immer noch nicht bereit, einen Schritt auf sie zuzugehen. Besuchen wird sie uns niemals können. Er erlaubt es nicht. Noch nicht einmal, wenn er weg ist. Wenn ich mein Kind sehen will, muss ich Geld für ein Hotel ausgeben und hunderte von Kilometern fahren.

Vielleicht ist auch dies mit ein Grund, warum ich mich von meinem Freund entferne. Ich weiss nicht, ob es mit seiner Krankheit oder seinen mittlerweile extremen finanziellen Problemen zusammenhängt. Er ist unerträglich.

Ich mag einfach nicht mehr neben ihm liegen. Ich möchte getrennte Schlafzimmer. Wir unternehmen nichts mehr gemeinsam und er will mir nur noch Vorschriften machen. Auch seine Tochter, die alles darf und alles richtig macht…. Ich mag sie nicht mehr. Aber das darf ich mir nicht anmerken lassen. Sie kann ja auch nichts dazu. Ich bin froh, dass sie nicht mehr so oft bei uns ist.

Wenn meine Kleine nicht wäre, dann hätte ich ihn schon verlassen. Ich muss die Sache aussitzen. In der Hoffnung, dass es doch noch einmal so wird, wie in der ersten Zeit.

Liebe ich ihn noch? Nein – im Moment wirklich nicht. Aber ich hoffe, dass die Liebe noch einmal zurückkommt. Für ihn habe ich meine Tochter weggegeben. Soll das wirklich umsonst gewesen sein?

Ab und zu frage ich mich dann doch, ob sie vielleicht doch die Wahrheit gesagt hat. Aber nein. Es kann nicht sein. Und sie hat mir gegenüber ja auch schon zugegeben, dass sie beeinflusst wurde und alles nicht stimmte.

Was bleibt, ist der Hass auf diejenigen, die mir meine Tochter genommen haben. Und ich muss ehrlich sagen….Ich werde meine Erziehung wahrscheinlich vergessen, sollten sie mir jemals noch einmal über den Weg laufen.

Meine Eltern sind mittlerweile verstorben. An die Frau, die mich geboren hat, denke ich fast nie mehr. Aber an meinen Opa und meinen Vater.

Mein Vater hat einfach beschlossen, nicht mehr zu leben und ist einfach eingeschlafen. Ein Schock für mich. Aber ich habe mich so verhalten, als wenn ich das ganz kühl abhandeln würde.

In Wirklichkeit ist nicht ein Tag seitdem vergangen, wo ich nicht geweint habe. Und das seit mittlerweile über zwei Jahren.

Die Zukunft ist ungewiss. Eines weiss ich. Ich werde immer hinter meinen Kindern stehen.

Kann ich mein eigenes Kind jetzt noch lieben? Ja, ich kann. Und ich werde niemals damit aufhören meine beiden Kinder zu lieben.

Ich werde ihnen Flügel geben, wenn der richtige
Zeitpunkt gekommen ist und sie fliegen wollen.

Ende … vorläufig …